AF191245

Liam Waker

Angst, dich zu verlieren

Liam Waker

»Wegen meiner Vorliebe für
angenehm lange Geschichten habe
ich angefangen, solche zu schreiben:
Ein Miniroman ist eine Erzählung
von 12.000 Wörtern.«

—

»Diesen Roman habe ich ohne künstliche
Intelligenztechnologien geschrieben, um
mich nicht meiner Leidenschaft für
das Schreiben zu berauben.«

#Createdbyhuman

MINIROMAN

LIAM WAKER

ANGST,
DICH ZU
VERLIEREN

PSYCHOHORROR

Liam Waker:
liam.waker@icloud.com

Verlag: BoD · Books on Demand GmbH,
Überseering 33, 22297 Hamburg,
bod@bod.de

Druck:
Libri Plureos GmbH,
Friedensallee 273, 22763 Hamburg

2. Auflage 2025
ISBN: 978-3-7693-5050-0
© 2025 | Liam Waker

Lektorat + Korrektorat: Jonas Westhoff
Covergestaltung: Alexander Kopainski

*Bibliografische Information der Deutschen Nationalbibliothek:
Die Deutsche Nationalbibliothek verzeichnet diese Publikation in
der Deutschen Nationalbibliografie; detaillierte bibliografische
Daten sind im Internet über http://dnb.dnb.de abrufbar.*

Inhaltsangabe

− dieses Buch enthält potenziell triggernde Inhalte −

13. April. 2024

− Zeitpunkt des Todes −

Rote Suppe zieht sich die Treppe in den ersten Stock hinauf, hinterlässt eine Schleifspur auf dem Parkett und Geschmiere an den Wänden. Im Schlafzimmer des Einfamilienhauses quietscht ein alter Lattenrost unter wiederkehrenden Bewegungen. Hinter den Vorhängen flackert ein Lichtblitz auf.

Vor dem Doppelbett bewegt sich ein weißer Sneaker in einer Blutlache schnell auf und ab. Zwei schlanke Beine führen hoch zu einem weißen Sommerkleid mit rotem Blumenmuster. Darin steckt eine junge Frau Anfang zwanzig mit langem blondem Haar. Auf der Bettkante hockend zerreibt sie das Blut zwischen ihren Fingern.

»Ich ... Ich war das nicht«, sagt Maya. Der Schall des Blitzes lässt sie zusammenzucken. Ihr rechtes Bein hält still − das Quietschen des Lattenrostes erlischt. Beim nächsten Lichtblitz wird ihr Platz von einer uralten Kreatur eingenommen, deren Klauen und Zähne nach Blut dürsten.

Akt I

Verlorene Liebe

1

21. März. 2011

Chichén Itzá, Ruinenstätte der Mayas,
mexikanische Halbinsel Yucatán

– dreizehn Jahre zuvor –

Leah!«, ruft eine Frau Ende dreißig mit schulterlangem blondem Haar. Die Sonne schwebt hoch oben am blauen Himmel und erwärmt ihr Gemüt. »Bald beginnt das Schlangenspiel!« Ihr Blick gleitet über die Rasenfläche, über die Ruinen, über die mächtigste von ihnen, wie sie als Pyramide aus dem Boden ragt – die Pyramide des Kukulcán. An vier Außenseiten führen steile Stufen zum oberen Plateau.

Zwischen zwei Touristengruppen taucht ein Mädchen auf. Ihr blondes Haar weht im kühlen Wind. Die Frau eilt zu ihrer Tochter herüber, an den vielen Besuchern vorbei. Ein Stück vor ihr läuft sie sich aus. Dabei verfolgt sie den versteinerten Blick ihrer Tochter.

Sie fixiert einen Mann, an dessen Schulter schmiegt sich eine breit grinsende Frau. Darüber hinaus hält sich ein Mädchen an ihrer Hand fest, etwa im gleichen Alter wie Leah. Von einem Aufseher der Ruinenstätte lässt die Familie den gemeinsamen Moment in Form eines Fotos einfangen.

»Bestimmt wird er wiederkommen«, sagt ihre Mutter und legt die Hand auf Leahs Schulter. »Lass uns einen guten Platz für das Schlangenspiel suchen.« Sie blickt in die ebenfalls blauen Augen ihrer Tochter und die Schuldgefühle steigen ins Unermessliche. »Komm, wir spielen ein Spiel!« Schnell kitzelt sie ihre Tochter am ganzen Körper durch und rennt plötzlich davon. Laut lachend schießt Leah ihr hinterher.

An einem Baum hält ihre Mutter erschöpft an und lässt sich durchkitzeln. Gleich darauf ist Leah dran. Sie sprintet von ihrer Mutter weg, stürmt an den vielen Besuchern vorbei, mitten durch Asiaten, Amerikaner, Europäer und jene, die sie nicht zuordnen kann. Alle versammeln sich für das Schlangenspiel und starren ungeduldig auf die Nordtreppe der Kukulcán-Pyramide.

Nachdem Leah aus den Augen ihrer Mutter und den Blicken aller Menschen geflohen ist, um nicht gefangen zu werden, betrachtet sie, auf der anderen Seite der Pyramide, die unzählig vielen Stufen nach oben. Heimlich schlüpft sie unter den Absicherungsseilen hindurch, eilt zur Treppe und steigt die Stufen hinauf. Dabei peilt sie das obere Plateau an. Zu den Seiten gleichen die zerfallenen Stufen einer Rutschpartie in die Tiefe. Im Wind hört sie Stimmen nach ihr rufen.

Oben am Plateau angekommen prallt die Sonne auf ihre Schädeldecke und der Wind streift durch ihr blondes Haar. Hier oben überragt sie jeden Baum im Umkreis und kann beinahe schon die Sonne vom Himmel stibitzen. Dann blickt sie nach unten. Panik breitet sich aus. Alles wirkt nur noch verschwommen, der Körper schwankt vor – obwohl sie zurückwill. Rasch wirft sie sich nach hinten und prallt gegen den Bau auf dem Plateau. Ihre Unterlippe zittert. Mit rasendem Herzen begibt sie sich in das Innere des Gemäuers.

Schlagartig schmiegt sich eine Kühle an ihre Haut und die verschiedenen Geräusche der Umgebung, wie das Murmeln der Menschenmassen sowie das Pfeifen der Papageien sind für sie nur noch gedämpft wahrnehmbar. Die Steine sind an vielen Stellen zerbröckelt. Dazu verlaufen breite Risse durch den Boden. Ungeachtet dessen saugt Leah die mystische Atmosphäre in sich auf und merkt, dass sie das Spiel mit ihrer Mutter gewonnen hat. In ihr lodert ein Feuer auf. Vor Freude heben ihre Füße ab und knallen zurück auf den Boden. Das Gestein fängt an zu beben. Eine Hand packt sie an der Schulter.

»Das gibt es doch nicht«, sagt ein braun gebrannter Mann in schlechtem Englisch. Leah wirbelt herum. Auf der Stirn des Mannes sammeln sich glänzende Perlen wie die an einem kühlen Bierglas. Mit einem vergilbten Stofftuch wischt er sich über das Gesicht. »Hast du die Absperrung nicht gesehen, Kleine?« Seine Atmung ist vertieft. Um seinen Hals hängt ein Ausweis. »Die deutsche Touristengruppe hat zum Glück gesehen, wie du hier rauf bist. Haben mir sofort Bescheid gegeben. Auf die ist stets Verlass.« Der Aufseher packt sie am Oberarm. »Der Abstieg wird dir aber nicht gefallen, dreihundertfünfundsechzig Stufen bei fünfundvierzig Grad. Wenn du mir da runterfällst, bringt mich deine –«

Leah windet sich aus seinem Griff. »Ich will nicht mit dir mitgehen!« Sie streift rückwärts und tritt auf einen der Risse.

Der Aufseher richtet die Kappe auf seinem kahlen Kopf zurecht. »Mach mir jetzt keine Probleme!« Als er den ersten Schritt auf sie zugeht, knirscht das Gestein unter seinen Füßen. »Hier sind schon Massen an Touristen herumspaziert. Es ist nicht mehr sicher.«

»Nein!« Leah hebt ihr Bein an und stampft wütend auf den Boden – auf den Riss. Ein Knacken lässt den Aufseher erstarren. Bevor sie den nächsten Stampfer machen kann, packt er das Mädchen am Handgelenk und zerrt sie nach draußen.

Nach dem Abstieg, bei dem sich Leahs Augen mit Wasser gefüllt haben, berührt sie mit ihren Schuhen wieder den Rasen. Am Fuße der Pyramide, hinter der Absperrung, wartet schon ihre Mutter.

»Was haben Sie mit meiner Tochter gemacht?!«, ruft sie entsetzt. Gleichzeitig schluchzt Leah vor sich hin und zeigt ihr Handgelenk, an dem sich eine klare Rötung zeigt. »Wie grob haben Sie bitte meine Tochter angefasst? Gehts noch?«

»War nicht das erste Mal, dass sich so ein Witzbold da hoch verirrt hat«, antworte der Aufseher trocken und wischt sich mit seinem Tuch über den Nacken. »Viele Eltern haben ihre Kinder nicht im Griff.«

»Ich komme nicht aus Los Angeles hierher geflogen, um mir so was anzuhören. Die Pyramide wurde nicht ausreichend abgesichert!«

»Vielleicht wäre es für ihre Tochter besser, wenn ihr Vater die Erziehung übernimmt«, fügt der Aufseher spöttisch hinzu und möchte sich gerade schon von ihr abwenden – da fängt Leah an zu schluchzen.

»Das haben Sie jetzt nicht gesagt!«, wirft ihre Mutter ihm entgegen.

»Was ist los?«, fragt der Aufseher.

»Wie heißen Sie?« Sie blickt auf den Ausweis, der um seinen Hals hängt. »Aha. Ich sehe schon. Carlos ... Herr Moreno. Ich werde mich beschweren. Erst packen Sie meine Tochter derart grob an, dann sprechen Sie so über meinen Mann. Er wird wiederkommen, das wird er bestimmt ...«

»Aber –« Seine Ohren werden von dem Jammern und den strengen Worten ihrer Mutter erfüllt, dass beides zusammen auf ihn einschlägt wie damals die Milchgelderpresser auf dem Pausenhof. »Ok, Ok, Ok.« Der Aufseher zieht seine Jeans ein Stück hoch und kniet sich zu Leah auf den Boden. »Warst du schon in der Pyramide?«

—

Die Sonne wandert weiter auf dem Äquator, die Tag- und Nachtgleiche nimmt ihren Lauf. Gespannt wartet die Menge auf das Schlangenspiel, auf die Illusion, wie sich eine Schlange, bestehend aus Licht und Schatten, die Nordtreppe hinab windet, bis sie in die Unterwelt unter dem Tempel verschwindet.

Am unteren Teil der Treppe befindet sich ein Zugang, eine Stahltür in das Innere des Tempels. Der Aufseher begleitet Leah und ihre Mutter hinein. Sofort legt sich eine Kühle auf ihre Haut. Überall am Gestein wurden Baustellenlampen befestigt, die mit ihrem Schein die Schatten aus den Gängen verjagen. Vom Aufseher werden sie zu einer Treppe geführt, die steil nach oben und tiefer in den Tempel führt. Ein Rauschen wird lauter, je weiter sie vordringen.

Die Führung endet in einem Raum aus purem Gestein. An vielen Stellen liegt ein grüner Schimmer auf den Wänden und auf dem Boden. Zudem erinnert der vermoderte Geruch an den letzten Kirchenbesuch. In der Mitte des Raumes steht ein Altar in der Form einer auf dem Rücken liegenden menschlichen Gestalt. Sie hat den Kopf zur Seite gedreht, stützt sich auf den Ellenbogen ab und winkelt die Beine an. Auf dem Bauch befindet sich eine Vertiefung.

»Chak Mo'ol. Vermutlich ein Opferaltar. Damit haben die Mayas damals −« Der Aufseher linst zu Leah rüber. »Ist wahrscheinlich nichts für Kinder hier.« Er kratzt sich am Nacken, dabei schießt ihm das Blut in die Wangen. »Eigentlich darf ich hier auch keinen mehr reinlassen. Zudem müsste jeden Moment das Schlangenspiel beginnen. Währenddessen hält sich hier drinnen niemand auf.«

»Sie findet es interessant. Seit dem ihr Vater uns verlassen hat, ist sie nicht mehr dieselbe.« Ihre Mutter beobachtet, wie Leah fasziniert mit ihren Fingern über die Steinwände streift.

»Ich habe mich noch gar nicht vorgestellt. Emily. Emily Baker.« Sie reicht ihm ihre Hand.

Er nimmt die Geste an. »Zum ersten Mal in Mexiko?«

Während sich die Erwachsenen unterhalten, schleicht Leah zum Thron, der die Form eines Jaguars trägt und sich am Ende des Raumes befindet. Er besteht aus rotangemaltem Gestein, versehen mit grünen Punkten. Die Sitzfläche wird von vier Beinen mit den dazugehörigen Pfoten gestützt. Auf der einen Seite des Throns wurde ein Schwanz angebracht, auf der anderen der Schädel des Jaguars mit aufgeklapptem Maul, scharfen weißen Zähnen und zwei grünen Smaragdaugen.

Dahinter wirkt die Wand wie nachträglich eingezogen. Leahs Finger streifen über knochenartige Erhebungen, die aus der Oberfläche der Wand herausragen, als wären sie darin eingearbeitet worden. Danach streichelt sie den Schädel des Jaguars, wischt den Staub von der Sitzfläche und platziert ihr Gesäß auf dem Thron. Sie beobachtet, wie ihre Mutter mit Carlos ein Gespräch führt. Noch im gleichen Moment wird der gesamte

Raum von einem smaragdgrünen Licht eingehüllt.

Draußen werden die Menschen aus aller Welt von ihrer Anspannung erlöst. Die Sonne hat den optimalen Stand erreicht. Der Schatten wandert seitlich die Treppe hoch. Das restliche Stück ganz oben an der Kante, das noch von der Sonne erhellt wird, schlängelt sich runter zum Schlangenkopf am Fuße der Treppe.

Im Inneren der Pyramide starren Emily und Carlos auf die Augen des Jaguarthrons. Das Licht tränkt ihre Gesichter grün. Beide stürzen zu Leah rüber, dabei erfüllt ein lautes Knacken den Raum. Hinter Leah bröckelt die Wand ein, dazu sackt der Boden unter ihr ab und verschluckt sie samt Thron.

Im Dunkeln rollen Steine über den Boden. Ihr Husten hallt durch einen Hohlraum. Leah packt an ihre geprellte Schulter. Über ihr erkennt sie ein wenig Licht, dann vernimmt sie die Stimme ihrer Mutter – ohne ein Wort zu verstehen.

»Ich komm nicht hoch!«, ruft Leah, doch die Stimme ihrer Mutter bleibt unverständlich. Sie erhebt sich vom Geröll und macht die ersten vorsichtigen Schritte. Ihr Becken pocht, als würde ein Hammer darauf einschlagen.

Von oben leuchtet ein schwacher Lichtkegel zu ihr runter. Daraufhin lässt jemand die Taschenlampe fallen. Auf dem Gestein zerspringt das Glas – der Lichtkegel erlischt. Im Dunkeln greift Leah nach der schwarzen Röhre. Es raschelt, dazu fallen Glasscherben zu Boden.

Sie sucht einen Knopf, fühlt den Gummiüberzug und drückt drauf. Zunächst bleibt es dunkel. Beim nächsten Mal flackert die Lampe kurz auf, dann erhellt der Lichtkegel etwas Dunkles, das hörbar ihren Duft wittert.

2

20. Oktober. 2023

– sechs Monate zuvor –

Zusammen mit ihrem Volk huscht sie durch das wilde Gestrüpp an den uralten Bäumen vorbei. Die Wasserlachen werden von ihren nackten Füßen zertreten, das lange schwarze Haar weht im Wind und der Schmuck aus Jade und Knochen klappert auf der gebräunten Haut.

Vor einem Graben hält die Menge an. Die Luft ist feucht und die Sonneneinstrahlung heizt die Gemüter auf. Ihre Verfolgten sind in den Graben abgestiegen und ziehen sich auf der anderen Seite schon wieder raus. Von dort aus sausen Speere zu ihnen rüber. Schmerzensschreie schallen durch den Dschungel. Papageien mit grünem Gefieder schrecken zu den Baumkronen auf.

Anschließend versammelt sich eine Traube um den ältesten Krieger. Er entnimmt einem Beutel eine schwarze Flüssigkeit und verreibt sie in seinen Händen. Die restlichen Krieger bilden vor ihm eine Reihe. Er legt die Handfläche auf die Brust des ersten Kriegers, dort wo sein Herz schlägt und sagt: »*Sutk'esiko'ob ti' garra.*« Auf der Haut bleibt sein Handabdruck in Schwarz zurück – und verformt sich zu einer Klaue.

Im Anschluss stürmt der Gezeichnete auf den Graben zu. Dabei wächst sein Körper in die Höhe. Aus seinem Steißbein heraus sprießt ein Schwanz, über seine Haut wandert ein ledriges schwarzes Gewebe und seine Hände wandeln sich zu Klauen. Kurz vor dem Abhang springt die Kreatur ab, fliegt meterhoch über die Kluft und schlägt auf der anderen Seite des Grabens ein, dort wo die Todesschreie der Verfolgten durch den Dschungel schallen.

Durch die Wohnung peitscht ein Schrei. Sie wischt sich den kalten Schweiß aus dem Gesicht und betrachtet ihre Hände. *Keine Klauen.* Ihr Brustkorb hebt und senkt sich unter der Bettdecke. Aus dem Mund streift sie sich eine ihrer blonden Strähnen. Zwischen den Rollladenschlitzen scheint Tageslicht hindurch.

Unmittelbar danach vernimmt sie den Geruch von frischem Urin. Die Bettdecke fliegt beiseite, dabei weht kühle Luft über ihre Beine.

»Scheiße!« Sie springt auf, eilt durch den Flur und schnappt sich eine Ladung Handtücher aus dem Badezimmer. Barfuß tappt sie zurück ins Schlafzimmer und versucht, die Matratze zu trocknen. Dabei schießt ihr das Blut in die Wangen. *Wann hört das endlich auf?!*

Das Tupfen wird zu Schlägen, als wäre die Matratze ein Boxsack gefüllt mit ihren Träumen auf ein normales Leben. Es fühlt sich so an, als zwänge sich kochendes Blut durch ihre Venen, über ihre Haut legt sich eine ledrige Schwärze und ihre Finger wandeln sich zu Krallen, die das Handtuch in der Luft zerfetzen. Den Lumpen pfeffert sie gegen die Wand.

Anschließend greift sie nach der Newport-Zigaretten-Pappschachtel auf dem Nachttisch. Wegen ihrer Klauen, die sich so wie ihr gesamter Körper weiter ausdehnen, flutscht die Schachtel vom Tisch und landet auf dem Teppich neben dem Bett. Sie rollt zur Bettkante rüber, schnappt sich die Packung vom Boden und fischt mit ihrem Maul einen der Stängel heraus. Schließlich klemmt sie sich ein Feuerzeug zwischen die Krallen und lässt sich zurück aufs Bett fallen.

Schon nach den ersten Zügen und dem erfrischenden Aroma von Menthol, weicht die Schwärze auf und ihre rosige Schweinchenhaut begrüßt sie wieder. Sie zieht den Rauch in ihre Lunge und bläst ihn seitlich über die Lippen wieder aus – wie eine Dampflok bei vollem Kohleofen. Zugleich schwellen ihre Hände sowie ihr restlicher Körper ab. Das Ziehen in den Gliedern lässt nach. Kurz bevor der Aschestängel zwischen ihre Brüste fällt, nimmt sie die Zigarette aus ihrem Mund und ascht in dem Glas auf dem Nachttisch ab. Das Restwasser vom Vortag färbt sich grau.

Ihre Muskeln weichen auf, dabei versinkt sie in der Matratze. Mit jedem Atemzug füllt sich das Schlafzimmer weiter mit dem Rauch, mit dem scharfen, beißenden Geruch von verbranntem Tabak. *Ding!* Ein kurzer hoher Ton ertönt, als würde jemand sanft gegen ein Triangel stoßen, dazu dringt ein steriles Licht durch die

Dunkelheit.

Vom Nachttisch nimmt sie ihr Smartphone, von dem sie seit sechs Jahren treu begleitet wird, und fliegt mit ihren Augen über die neue Benachrichtigung: *Speeddating, neben der Bar - 10:35 Uhr.* Im Anschluss gleitet ihr Blick über die ersten Zeilen des Sperrbildschirms. *Samstag – zehn Uhr?! Warum hab' ich die Erinnerung nicht früher gestellt?* Erneut eilt sie ins Badezimmer.

—

Vor der Location zieht sie den Rauch in die Lunge. Über ihr scheint es so, als würden die Wolken stehen bleiben. Nur an wenigen Stellen dringen die Sonnenstrahlen bis runter zum Asphalt. Unerwartet rauscht ein Transporter durch den Regen von gestern Nacht. Der aufgewirbelte Wind streift durch ihr blondes Haar. Gedankenverloren blickt sie ihm nach.

Sie schnippt mit dem Daumen gegen den Filter ihrer Zigarette – der Aschestab segelt herab. Auf dem Papier, das den Tabak ihrer Zigarette umwickelt, ziehen sich dunkle Fäden bis vor zur Glut. Der Tabak saugt sich mit der Schwärze voll und klatscht vor ihr auf den Gehweg. Aus dem Fleck bildet sich eine längliche Hand. *Eine Klaue!*

Vor Schreck fällt ihr die Zigarette aus der Hand. Sie landet auf dem Gehweg und rollt ein Stück über den Boden. Besorgt reibt sie mit den Fingern durch ihre Augen. Dann schnappt sie sich den noch glühenden Stängel vom Boden. Anschließend begutachtet sie ihr Umfeld. Einige schick gekleidete Männer von der Bar nebenan blicken zu ihr rüber, lachen kurz auf und wenden sich wieder ihrem Gespräch zu. Im Aschenbecher drückt sie ihre halb aufgerauchte Zigarette aus.

Eilig wühlt sie in ihrer Handtasche umher, zieht eine Packung mit silbernen Streifen heraus und steckt sich ein Pfefferminzkaugummi in den Mund. Danach entnimmt sie der Tasche eine kleine Flasche, in der sich eine klare Flüssigkeit befindet. Zwei, drei Sprühstöße um ihren Hals – zur Sicherheit noch einen zwischen die Beine. Im Anschluss stößt sie die Glastür auf und betritt das Lokal.

—

In dem umfunktionierten Restaurant herrscht eine angeregte Stimmung. Frauen und Männer platzieren sich an den Tischen, dabei vergehen die sieben Minuten auf dem Timer entweder wie im Flug oder ziehen sich in die Länge wie ihr Kaugummi im Mund.

Beim nächsten Wechsel kommt der Erste zu ihr, den sie rein vom Äußerlichen in Betracht ziehen würde. Schulterlanges, dunkles Haar, kurzgestutzter Bart und ein Lächeln, das sie bisher nur von ihrem Vater kannte. Auf seinem Namensschild steht *Adam*.

»Adam.« Er reicht ihr die Hand.

»Maya«, sagt sie mit einem Flattern in der Stimme. Nach einem kräftigen Händeschütteln, als würde sich ein Schraubstock zudrehen, nimmt er vor ihr Platz.

»Schön, dich kennenzulernen, Maya.« Auf dem Tisch wischt er die Krümel vom Vorgänger beiseite und platziert vor sich einen Notizzettel. »Diese Leute, die bei so kurzen Dates noch was essen müssen. Als wäre die Zeit nicht schon kurz genug.«

Maya lächelt ihm zu, dann blickt sie ungeduldig auf den Timer. »Du wirkst älter als die anderen Teilnehmer. Also nicht, dass es ein Problem wäre.«

»Im August bin ich einunddreißig geworden. Ich glaube, auf das Altersverhältnis wurde hier nicht so geachtet. Ich würde dich grad mal auf einundzwanzig schätzen.«

»Zweiundzwanzig.«

»Werden bei euch nicht eher Apps genutzt?«

»Meistens. Anscheinend wurden wir deswegen auch in eine Gruppe geworfen. Die meisten in meinem Alter daten nur noch übers Handy und nutzen so was wie hier erst gar nicht. Aber hier kann man sich erst mal treffen, bevor man miteinander schreibt. Es macht das Daten transparenter.«

»Dieses Online-Dating verstehe ich einfach nicht. Na ja. Jedem das seine.« Er blickt sie lächelnd an.

Durch Mayas Kopf schießen tausend Fragen, aber keine davon ist die richtige. Die Stille lässt sie innerlich zappeln, wie ein Fisch auf dem Trockenen.

»Und ... Was machst du so? Beruflich gesehen?«, fragt er schließlich.

»Uni.« Sie nickt an ihm vorbei. »Psychologie. Stehe bald vor meiner Bachelorarbeit. Aber das wird schon irgendwie.«

»Schön. Ich kann dich nur mit meinem Informatikkram langweilen.«

»Dafür ist deine Freizeit bestimmt aufregender.«

»Na ja. Am Wochenende fahr ich gelegentlich in die Berge, schnapp mir meinen Wingsuit und ... Moment mal. Bist du das?«

»Was?«

Seine Nasenflügel weiten sich. »Die ganze Zeit schon riecht es hier nach kaltem Rauch und ... Billigem Parfüm.«

»Billig?!«

»Na ja. Hochwertig riecht es jetzt nicht.«

»Ist das ein Problem?«

»Das Parfüm? Nein.«

»Das Rauchen?«

»Ja, ne. Ich glaube, das wird nix.« Er kritzelt etwas auf seinen Notizzettel. Maya blickt auf den Timer. *4:23.*

Nach vier unerträglichen Minuten, die sich hinziehen wie ihr letzter One-Night-Stand betrunken nach dem Abschlussball, wird sie vom Klingeln erlöst. Die Männer rotieren im Raum. Bei den nächsten Teilnehmern will der Funke zunächst überspringen, doch er erlischt auf halber Strecke über den Blumen auf dem Holztisch.

»Maya. So wie die Maya-Tempel? Da gab es doch mal diesen Vorfall«, sagt der vorletzte Teilnehmer und wirft sich auf den Stuhl. Unter seinen Bewegungen knarrt das Holz. Sein senfgelbes Hemd schlägt an jeder erdenklichen Stelle Falten.

Er schiebt die Brille mit seinem Zeigefinger zurecht und schleckt sich über die Lippen. »Weißt du, den Einsturz in der Kukulcán-Pyramide in Mexiko. Davon hat ja damals jeder mitbekommen. Jedenfalls, in der Mitte der Pyramide, unter dem Jaguarthron, fand man eine Höhle mit Schätzen, Glyphen und sogar zwei Leichen – eine Frau und ein Mann. Beide sind noch am Unfallort gestorben. Da war nichts mehr zu machen.« Er schiebt seine Brille erneut zurecht. »So wie die Polizei es vermutete, ist wegen des uralten Gemäuers einfach der Boden eingestürzt, während sie im Inneren waren. Aber kannst du das glauben? Irgendwas ist faul an der ganzen Sache. Warum waren die überhaupt während des Schlangenspiels in der Pyramide? Da durfte doch keiner mehr rein. Wussten die von der Höhle? Von den Schätzen? Von den Geheimnissen der Mayas?« Er lehnt sich zu ihr nach vorne. »Zudem soll da noch dieses Mädchen dabei gewesen sein. Die Tochter von der verstorbenen Frau. Sie kam damals –«

Maya schlägt mit der Faust auf den Tisch, wodurch das Wasser in der Blumenvase aufploppt. »Sie kam damals zu ihrem Großvater, weil sie schon lange Zeit davor von ihrem leiblichen Vater verlassen wurde.« Ruckartig springt sie auf. *Und weil sie damals ihre Mutter in der Pyramide getötet hat.* Vorbei an den Tischen schlängelt sie sich Richtung Ausgang.

»Kannst du mir etwa nicht ins Gesicht sagen, dass du an mir kein Interesse hast?« Während seine Worte im Hintergrund verstummen, wächst das ledrige Gewebe über ihre Haut – die Hände blähen sich zu Klauen auf. Dazu werden ihre Augen feucht. Sie flieht vor den Blicken der anderen Teilnehmer. Im Augenwinkel nimmt sie nur noch ihr Grinsen wahr. Und in den Ohren ihr Lachen. Anschließend stolpert sie durch die Glastür nach draußen auf den Bürgersteig.

Klare Luft strömt ihr entgegen. Vor der nebenanliegenden Bar unterhält sich ein Pärchen. Beide sind stilvoll gekleidet. *Was machen die so früh in einer Bar?* Maya steckt sich eine Zigarette in den Mund und entzündet sie, bevor das mit den Klauen nicht mehr möglich ist. Danach vergräbt sie die Hände tief in den Hosentaschen ihrer Jeans. Der Qualm steigt die Häuserfassade empor.

»Brauchst du 'en Whisky?«, fragt jemand von der Bar nebenan. Wenige Meter neben dem Pärchen lehnt sich ein junger Mann an der Häuserfassade an, gekleidet in marineblauem Anzug. Zwischen seinen Lippen hängt eine glühende Zigarette. Er nimmt den Stängel aus seinem Mund. »Du wirkst gestresst.« Seine weiche Stimmlage beruhigt ihre Sinne.

»Ich trinke keinen Alkohol«, antwortet Maya mit Ziga-

rette im Mund, dann zieht sie, bis die Glut gelb auf-
leuchtet.

»Aber du bist gestresst. Oder verängstigt?«

Maya blickt zu ihm rüber und schiebt ihre Hände tiefer
in die Hosentaschen. »Was geht dich das an?! Du stehst
vormittags vor einer Bar.«

Mit dem Rücken stößt er sich von der Fassade ab und
kommt auf sie zu. Sein blond gefärbtes Haar wirkt ver-
traut, verspielt, so wie es ihre Mutter einst war. »Ist ein
Junggesellenabschied von einem Freund – oder eher
einem Bekannten. Seinem Vater gehört der Laden. Seit
Stunden sind die da drinnen schon am Saufen. Ich weiß
gar nicht, was ich hier noch soll.« Er betrachtet Maya
mit hochgezogenen Augenbrauen. »Und was machst
du an einem Vormittag vor einem Restaurant, das normalerweise erst nachmittags aufmacht?«

»Wirst du wohl nie herausfinden.« Maya blickt in die
Ferne. Plötzlich knallt neben ihr die Glastür auf. Eine ältere Frau mit feuerrotem Dutt streckt ihren Kopf nach
draußen. »Junge Dame. Wenn Sie nicht sofort wieder
reinkommen, können Sie gleich ... Ah ... Wie ich sehe,
haben Sie sich bereits jemanden geangelt. Na sieh mal
einer an.«

»Entschuldigen Sie, Frau Smith. Ich –«

»Ne ne. Das kann ich hier nicht gebrauchen, junge Dame. Bleiben Sie bitte künftig von meinen Speeddating-
Veranstaltungen fern.« Sie wendet sich ab. »*So was aber
auch*«, flüstert sie und verschwindet im Lokal.

»So so, Speeddating also?«, wirft der Mann von nebenan belustigt ein.

Maya rollt die Augen zum Himmel hinauf und zieht ihre abgeschwollenen Hände aus den Hosentaschen. Mit zwei Fingern nimmt sie ihre Zigarette aus dem Mund. »Du –«

»Wie heißt du?«, fragt er.

»Was?«

»Wie du heißt?«

»L–aya. Ich mein Maya!« Ein Seufzer entfleucht ihrem Innersten.

»Sicher, dass du nicht trinkst?« Er grinst sie an.

»*Boah.*« Durch ihre Venen sprudelt das Blut. Sie blickt durch die Glasscheibe in das Lokal. Die anderen Teilnehmer sind noch am Daten. Daraufhin schnippt sie den Filter vor die Füße des Mannes. »Ich geh dann mal, bevor ich mich noch vergesse.«

Nach wenigen Schritten taucht der Mann neben ihr auf. »Wie lange dauert so was?«, fragt er, während er versucht, mit ihr Schritt zu halten.

»Was meinst du?« Ihr Blick bleibt stur die Straße entlang gerichtet.

»So ein Speeddate. Wie viel Zeit hat man da?«

»In der Regel sieben Minuten.« Maya blickt zu ihm rüber. »Aber das kommt jeweils auf den Veranstalter an.«

Auf seiner Smartwatch startet er einen Siebenminuten-Timer. Dann streckt er seine Hand zu ihr aus. »Hi. Mein Name ist Chris.«

3

21. März. 2024

– ca. drei Wochen zuvor –

Im Licht der Morgensonne scheint es so, als würde das dunkle Herz in ihrer Brust verborgen bleiben. Als wären all die verschwommenen Bilder aus dem Innern der Pyramide nur eine Ausgeburt ihrer kindlichen Fantasie gewesen. Darüber hinaus gibt Chris ihr einen Kuss auf die Wange, als wäre es die Kirsche auf dem Eisbecher. Er schwingt sich aus dem Bett.

Hüpfend auf einem Bein stülpt er sich seinen Blaumann über. »Mach dir noch was zu essen – im Kühlschrank müsste noch etwas Milch sein. Aber riech erst mal dran, bevor du sie ins Müsli kippst. Ich hol mir später was beim Kiosk.« Seine Schritte knarren auf dem alten Holzboden den Flur entlang. »Und wenn du gehst, vergiss nicht, die Haustür hinter dir *richtig* zuzuziehen«, dringt seine Stimme jetzt gedämpft aus der Küche zu ihr. »Wenn ich heute Abend nach Hause komme, will ich nicht schon wieder einen Obdachlosen antreffen, der bei mir auf der Couch *Netflix* schaut.«

Derweil schwebt Maya auf seinem Wasserbett wie eine Wolke am Himmel. Sie blickt Richtung Zimmertür. »Also lässt du mich wieder allein?«

Daraufhin streckt Chris seinen Kopf ins Schlafzimmer.

»Maya, ich muss arbeiten. Die Rohre verlegen sich nicht von allein.«

Sie lacht kurz auf. »Kannst du heute nicht einfach frei machen?« Ihre Unterlippe schiebt sie schmollend nach vorne.

Chris stellt sich ans Bett. »Heute ist Donnerstag. Heute wird gearbeitet.«

»Und am Wochenende?«

»Da auch – das weißt du. Die wenigen Hundert Euro, die ich beiseitelegen kann, wenn ich nur unter der Woche arbeite, werden uns nicht die Wohnung am Stadtrand ermöglichen. Wenn ich alles an Arbeit annehme, was mir Herr Santos anbietet, wird das vielleicht noch was, bevor ich dreißig werde.«

»Und nach der Arbeit? Oder brauchst du die Woche wieder für dich?«

»Vielleicht nächstes Wochenende.«

»Und was wäre, wenn ich dich nicht gehen lasse?« Sie zieht an den Bändeln seines Pullovers und kaut darauf herum wie eine rollige Katze.

»Was ist heute nur mit dir los?!« Er stößt sie zurück aufs Bett. »Du solltest mal wieder deine Vorlesungen besuchen. Oder das, was ihr Studenten so macht.«

»Heute redet nur Professor Winters von seinen Errungenschaften, bevor er Professor wurde, um uns zu motivieren.«

»Dem solltest du mal zuhören. Das Erbe deiner Eltern wird dich nicht dein ganzes Leben über Wasser halten.«

Chris schaut auf seine Smartwatch. »Man, ich komm noch zu spät.« Er gibt Maya einen Kuss auf die Stirn. »Du bist die Einzige für mich.« Er blickt ihr tief in die blauen Augen.

»Und du bist *der* Einzige für mich«, erwidert Maya. Sie zieht ihn an den Bändeln zu sich ran und drückt ihre Lippen auf seine. Nach einem Moment, der für sie nie vergehen soll, lässt Chris von ihr ab und eilt aus der Wohnung.

Maya flüchtet vor der kalten Morgenluft unter die Bettdecke und presst das Kissen zwischen ihre Beine. *Mutter, heute ist es genau dreizehn Jahre her. Dreizehn Jahre ohne deine naiven Spielereien und den gut gemeinten Hang dazu, die Realität zu verdrehen, um das Leben zu ertragen. Heute verstehe ich dich viel besser als damals.*

Unter ihrem Gesicht baut sich ein enormer Druck auf wie bei einem Staudamm, der versucht, die gewaltigen Wassermassen zurückzuhalten. Dennoch bildet sich eine salzige Träne am Augenrand. Sie springt ab und dringt in das Bettlaken ein. *Warum muss er mich ausgerechnet jetzt allein lassen?* Die Farben weichen aus dem Raum. Unter ihr verspürt sie keine Matratze mehr. Sie nimmt nur noch ein Loch wahr, in das sie fällt ... *und fällt ... und fällt.*

Sie reißt das Kissen zwischen ihren Beinen hervor und feuert es aufgebracht durch das Zimmer. Von der Kommode fliegen die Bilder seiner Familie hinab. Auf dem Boden zerspringen die Rahmen. Ihre Atmung flacht ab, als würde ein tonnenschweres Tier, ein seltsames Wesen, auf ihrer Brust sitzen. Mit seinen Klauen umgreift es ihren Hals und drückt weiter zu, bis ihr Gesicht blau anläuft.

Maya kreischt auf, schlägt das Ding von sich und stürzt vom Bett runter. Auf dem Holzboden sucht sie verzweifelt nach Halt, doch findet nur Staub und noch mehr Kälte. Für einen Moment bleibt sie dort liegen, starrt hoch an die Bettkante und hofft, nichts außer diese zu erblicken.

Als ihr Herzschlag wieder zur Ruhe kommt, schielt sie unter das Bett in die Dunkelheit. Eine seltsame Ruhe kehrt ein. Etwas blitzt auf. Etwas Kleines, das nicht mehr aus ihrem Sichtfeld schwinden will. Sie greift in das Dunkle und zieht es ins Licht.

Ein roségoldener Ring liegt in ihrer Hand, in dem ein winziger Diamant eingearbeitet wurde. Sie betrachtet ihn, wie er im Licht der Deckenleuchte funkelt. Behutsam erhebt sie sich vom Boden. Ihr Blick bleibt auf dem Schmuckstück gerichtet. Auf der Handfläche begutachtet sie den Ring, als läge er auf einem Präsentierteller. *Auf jeden Fall von einer Frau.*

Im Anschluss streift sie nachdenklich durch die Wohnung, dabei zieht sie einen Rauchschleier hinter sich her. *Nur meiner ist es nicht.* Dann hebt sie den Ring vor ihr Gesicht und ballt die Hand zur Faust – ein dumpfes Knacken dringt durch Knochen und Fleisch. Aus der Faust tropft rotes Blut herab.

Akt II

Blinde Pfade

4

24. März. 2024

– ca. drei Wochen zuvor –

In der Luft liegt kalter Rauch. Das schwarze Gewebe pulsiert auf ihrer Haut. Derweil wirkt ihr eigenes Bett nur noch halb so gemütlich, eher wie eine Steinplatte, die über ihren Rücken schabt.

Mit dem Schwanz, der sich aus ihrem Steißbein heraus gebildet hat, greift sie sich die Tüte *Doritos* vom Nachtisch, reißt die Folie raschelnd auf und lässt die kleinen Maisdreiecke in ihren Mund fallen. *Was macht er wohl gerade? Warum bin ich nicht sein Ausgleich an schweren Tagen?* Die restliche Packung stopft sie sich in den Schlund. *Wieso bin ich so ein Haufen Scheiße?!* Tränen fließen über die Wangen und versinken in der Matratze. *Ich bin doch die Einzige für ihn.*

Daraufhin greift sie mit dem Schwanz ihr Smartphone vom Nachtisch und hält es vor ihr Gesicht. Um ihre rechte Hand wickelt sich ein Verband. Mit dem Zeigefinger streift sie auf dem Touchscreen alle Benachrichtigungen beiseite. Dann tippt sie auf *WhatsApp* und betrachtet die kurze Liste an Chats.

Ganz oben ist der mit Chris, versehen mit roten Herzen und Kussemojis. Er wird mit vier ungelesenen Nachrichten hervorgehoben. In der Vorschau steht als letzte

Nachricht: *???*

Der letzte Chat ist mit Opa Josh, der sie damals aufgenommen hat, nachdem ihre Mutter in der Pyramide ... *nachdem sie ihre Mutter dort zerfetzte wie der Wolf ein kleines, wehrloses Lamm.* Ihr Smartphone fliegt durch den Raum und lässt die Stehlampe in der Ecke zerspringen. *Mehr gab es doch eh nicht zu sehen.* Ein verzweifeltes Lachen dringt aus ihrer Kehle und hallt durch die Zweizimmerwohnung.

Am Wohnzimmerfenster, von dem aus man die Hauptstraße einsehen kann, blickt sie die Stockwerke hinunter auf den Bürgersteig, dort wo die vielen Menschen vorbeilaufen, als wären sie kleine Ameisen, die sich leicht zerquetschen lassen. In der verschmierten Glasscheibe spiegelt sich ein weißer Stängel zwischen ihren Lippen.

Ihr Daumen streift über das Rad. Der Feuerstein lässt einen Funken springen, dazu fängt das Gas an zu zischen. Über der Schutzhaube tanzt die Flamme im Takt zu ihrer unruhigen Hand. Dabei verfolgen ihre Augen einen Mann, der die Straße entlang stolziert, als wäre die Welt für ihn noch in Ordnung.

Das Feuer züngelt gierig in der Luft und beißt sich in sein Fleisch. Von unten nach oben wandern rotgelbe Flammen über seinen Körper. Der Mann schreit wie am Spieß und springt auf, als wandle sich der Boden unter seinen Füßen zu glühenden Kohlen. Währenddessen spiegelt sich in ihren glasigen Augen sein Überlebens-

kampf. *Die Taten werden ihn richten, letztendlich sogar hin-*
richten. Leben im Himmel bei mir oder schmoren in der Hölle
auf ewig. Was ist dein Begehren?

Der Geruch von verbranntem Fleisch steigt ihr in die
Nase. An ihrem Daumen verspürt sie einen stechenden
Schmerz. Sie lässt den Hebel los, das Gas hört auf zu zischen. Die Schutzhaube ist am Glühen. Ein Rauchschleier steigt von ihrem verrußten Daumen auf.

Ihre Mimik zieht sich zu wie das Himmelsblau auf der
anderen Seite der Scheibe. Tiefschwarze Regenwolken
bilden eine Schicht, die keine Farbe mehr durchlässt.
Darunter flüchtet der Mann vor dem einsetzenden
Platzregen zur nächstgelegenen Haltestelle.

Zwischen ihren Lippen lässt sie den Stängel unange-
zündet im Mund hängen. Dabei betrachtet sie die
Spieglung in der Fensterscheibe, wo sich jetzt genau
dieser Mann abbildet. Sie wirft ihre Zigarette in den
nebenanstehenden Mülleimer. *Das ist neu.*

5

30. März. 2024

– zwei Wochen zuvor –

Maya blickt auf ihr Smartphone: *Samstag - 6:44 Uhr.* Auf der Glasscheibe bildet sich nach dem Wurf auf die Stehlampe ein Spinnennetz ab. Sie öffnet *WhatsApp* und tippt: *Wollen wir uns treffen?*

Chris: *Schon wach? Endlich meldest du dich mal wieder. Gerne können wir uns treffen, aber nicht heute. Du weißt doch, die Arbeit ...*

Sie: *Und danach?*

Chris: *Danach zu erschöpft. Nächste Woche wieder? ;)*

Sie: *Ok*

Maya blickt durch die Fensterscheibe ihres Fahrzeuges und rutscht tiefer in den Sitz. Kalter Rauch steht in der Luft. Im Aschenbecher liegen unzählige Stummel. Über die Türverkleidung hinweg schielt sie zur anderen Straßenseite auf eine braun lackierte Eingangstür. In das dazugehörige Mietshaus mit knapp dreißig Wohnungen für den Mittelstand stanzen sich dunkle Fenster mit noch dunkleren Fensterrahmen.

Nur in einer Wohnung wurde schon das Licht angeknipst – im Badezimmer, wo *er* sich auf seinen bevorstehenden Arbeitsalltag vorbereitet. *Vielleicht tu ich ihm unrecht?* Ihr Körper heizt sich auf, das Blut schießt ihr in die Wangen. *Was stimmt nicht mit mir?!* Noch mehr versinkt sie im Sitz und zerläuft innerlich wie ein Stück Butter, das man im Hochsommer nach dem Einkaufen im Auto liegen gelassen hat.

In seiner Wohnung erlischt das Licht. Wenige Augenblicke später wirft jemand die Eingangstür auf. Chris tritt auf den Bürgersteig und fährt sich mit den Fingern durch sein blond gefärbtes Haar. Dann legt er die Kapuze seines Pullovers auf den Kopf. *Wo ist sein beschissener Blaumann?!*

Am Straßenrand steigt er in einen schwarzen *Hyundai Accent* ein. Vorne flimmern die Halogenscheinwerfer auf. Überall weist der Lack feine, kaumsichtbare Kratzer auf, da er ihn stets mit einem Küchenschwamm sauber geschrubbt hat, um sich den − seiner Meinung nach − unnötigen Kauf eines Autoschwamms einzusparen. Behutsam schert das Fahrzeug aus und beschleunigt die Straße entlang.

Während der Fahrt klopft Maya nervös auf das Lenkrad. Ihr Schweiß macht den Kunststoff rutschig, darüber hinaus gerät die salzige Körperflüssigkeit unter ihren Verband − wo die Wunde am Verheilen ist. Sie dreht die Klimaanlage bis zum Anschlag auf, dazu richtet sie die Lüfter auf ihre Hände. Im eiskalten Luftstrom trocknet sie den Schweiß und kühlt ihr Gemüt auf den Tiefpunkt.

Ihr Blick huscht runter zu der Zigarettenschachtel im Getränkehalter der Mittelkonsole. Der Deckel ist bereits abgerissen. Zwei Stängel befinden sich darin. Im Anschluss betrachtet sie den roségoldenen Klumpen auf dem Armaturenbrett. Hastig kurbelt sie die Fensterscheibe runter, schnappt sich die Schachtel mit den letzten zwei Zigaretten und feuert sie wutentbrannt aus dem Fenster. *Ich will mich nicht mehr beruhigen!*

Der Hyundai bewegt sich in die Auffahrt eines Einfamilienhauses. Die babyblau lackierten Holzbretter kleiden es von unten nach oben ein, als wäre es das Neugeborene einer streng traditionellen Familie. Ein Vordach schirmt den Eingangsbereich ab.

Maya hält auf der anderen Straßenseite an und beobachtet, wie er aussteigt. Erneut rutscht sie in den Sitz. Jemand öffnet die Haustür. Im Flur kann sie nicht erkennen, ob es sich um einen Mann oder eine Frau handelt. *Bestimmt irgend so eine Bitch!* Er verschwindet mit der Person im Haus.

Die folgenden Minuten dehnen sich zu Stunden aus. Um das zu überbrücken, steckt sie sich ein Kaugummi in den Mund und dreht das Radio lauter. *Don't blame me, love made me crazy. If it doesn't, you ain't doin' it right. Lord, save me, my drug is my baby. I'll be usin' for the rest of my life.* Lautlos bewegen sich ihre Lippen zu den Worten von Taylor Swift.

Im Augenwinkel huscht ein Schatten über die Straße. Maya blickt aus dem Fenster und stellt fest, dass Chris zielgerichtet auf sie zumarschiert. Prüfend begutachtet er ihr Fahrzeug. *Scheiße, er kennt doch mein Auto!* Sofort dreht sie das Radio leiser und drückt die Sitzlehne nach hinten, sodass sie hinter der B-Säule verschwindet.

»Maya?«, ruft er in ihre Richtung.

Beinahe an ihrem Fahrzeug angekommen späht er mit schmalen Augen durch das Autofenster. Auf dem Fahrersitz hockt nicht mehr Maya, sondern eine Frau, die etwa Ende dreißig sein muss. Sie trägt schulterlanges blondes Haar. Beim weiteren Begutachten entdeckt er den Ring – zerdrückt und blutverschmiert – auf dem Armaturenbrett liegend.

Plötzlich juckelt der Anlasser. Die Frau lässt die Kupplung kommen und tritt das Gaspedal bis zum Anschlag durch. Mit quietschenden Reifen schießt das Fahrzeug nach vorne, zeitgleich springt Chris beiseite.

Im Rückspiegel blickt Maya in die blauen Augen ihrer verstorbenen Mutter. Zudem erkennt sie, wie Chris mitten auf der Straße steht und ihr aus der Ferne hinterherstarrt.

6

12. April. 2024

– ein Tag zuvor –

Ein Glas knallt auf den Tresen. Die bernsteinfarbene Flüssigkeit schwappt gegen die Wandung. Chris setzt das Glas an und zwängt den Whisky die Kehle runter. »Da ackert man von Sonnenaufgang bis Sonnenuntergang und versucht, nebenher noch Zeit für seine Freundin zu finden. Und dann? Dann meldet sie sich einfach nicht mehr – seit fast zwei Wochen!« Er blickt zum Barkeeper rüber, der ihm nur mit einem Ohr zuhört. »Trotzdem könnte ich darauf wetten, sie hier und da gesehen zu haben. Da wird man doch noch paranoid. Hier bekommt man wenigstens mal Abstand von den Weibern.«

In die Bar tritt ein braun gebrannter Mann ein. Um seinen Hals hängt ein Ausweis. Er begutachtet den rustikal eingerichteten Raum. Fast alles wird von Holz verkleidet. Gemurmel, leichte Musik und Gläserklirren dringen aus den Ecken. Sein Blick richtet sich zum Tresen, auf Chris, wie er auf einem Hocker sitzt und mit dem Barkeeper ein einseitiges Gespräch führt.

Der Mann besteigt einen Barhocker und legt seine Kappe auf den Tresen. Chris betrachtet neben sich den Mexikaner für einen Augenblick, dann stürzt er den Whisky die Kehle hinunter.

»Was solls für Sie geben, guter Herr?«, fragt der Barkeeper. Seine lässige Art bricht sofort das Eis.

»Ein Wasser, bitte«, bestellt der Mann in schlechtem Englisch. Für einen Moment kehrt Stille ein, als hätte sich das ausgelassene Gemurmel aus dem Raum gesaugt.

»Wasser?«

»Mit Sprudel. Bitte.« Nebenan lacht Chris auf, als hätte er einen Schluckauf, den man nicht unterdrücken kann.

»Gibts ein Problem?«, fragt der Mann und dreht sich zu ihm um. Dabei knarrt der Hocker.

»Neein«, sagt Chris, als hätte er einen Schwamm im Mund. »Ich glaube nur, dass Sie sich verlaufen haben.« Er stößt seine Finger in die Schale mit den gesalzenen Nüssen und wirft sich eine großzügige Portion in den Mund. Bei vollen Wangen bestellt er sich noch einen weiteren Whisky.

Der Barkeeper stellt dem Mann sein bestelltes Wasser hin. Das Glas ist am Sprudeln, am Beben, so wie sein Gemüt. Er schiebt es beiseite. »Einmal dasselbe wie der Spaßvogel da neben mir.« Als Chris das vernommen hat, ziehen sich seine Augenbrauen bis zum Haaransatz hoch.

Ohne zu zögern, knallt der Barkeeper beiden einen Whisky auf den Tresen. »Viel Spaß euch beiden.«

Der Mann hebt sein Glas an und schaut rüber. »Auf einen erholsamen Abend.«

»Ohne Weiber!«, fügt Chris hinzu und blickt ihm harsch in die Augen. Dann stoßen sie an.

Nach einer stillen Minute lehnt sich Chris zu ihm rüber. »Sag mal, hast du eine Frau?«

»Du sagst *ohne Frauen*, aber willst über sie reden?«

»Na, du weißt schon. Man kann nicht mit, aber auch nicht ohne sie.«

»Mit ist stets besser«, versichert der Mann ihm. Dazu nimmt er einen kräftigen Schluck, direkt darauf folgt ein Grunzen. Ruckartig zwängt er sich noch den restlichen Whisky im Mund runter.

»Das wird doch nicht dein erster Schluck von hartem Zeug sein?«, fragt Chris und begutachtet den Mann neben ihm kritisch.

»Ach quatsch. Hast du eine?«

»Frau? Nein.« Chris nimmt einen Schluck. »Aber eine Freundin. Nur meldet sie sich seit zwei Wochen nicht mehr.«

»Vielleicht gibt es einen Grund dafür.«

»Sicher gibt es den.« Erneut setzt Chris das Glas an.

»Bist du ihr treu?«, fragt der Mann.

Chris blickt rüber. »Natürlich bin ich ihr treu.« Er kippt das Glas leer. »Ich bin ihnen *allen* treu.« Dazu grinst er breit. Dann schiebt er das Glas vor an die Kante und tippt zweimal auf den Tresen. Im gleichen Atemzug bleicht neben ihm das Gesicht des Mannes aus, als hätte ihm das eben Gesagte einen Leberhaken verpasst.

»Es ist relativ einfach«, fährt Chris fort. »Solang die

53

eine Frau die andere nicht findet, wird mir niemand Ärger machen. No Body, no Crime. Wenn du verstehst, was ich meine.« Währenddessen wandert ein ledriges Gewebe über die Hände des Mannes. Rasch nimmt er sie vom Tresen.

Ein weiteres Glas taucht auf. »Ach komm, für den guten Herrn hier auch noch einen. Geht auf mich«, ruft Chris dem Barkeeper zu.

»Entschuldige mich!« Der Mann stolpert vom Stuhl und eilt, gerade so, dass es nicht seltsam wirkt, zu den Toiletten und stürzt hinein – eine Frau schreit auf.

Nachdem die Toilettentür, nun richtigerweise bei den Männern, ins Schloss gefallen ist, klingt das Gemurmel ab. Nur das Gedudel aus dem einen Lautsprecher in der Ecke erfüllt den Raum.

Unter dem Hahn lässt er eiskaltes Wasser über sein Gesicht laufen. Die Haut fühlt sich nach Schleifpapier an, die Finger wie Bockwürste und der kahle Kopf macht ihn nackt. Danach starrt er diese fremde Gestalt im Spiegel an. *Was bist du?* Hinter ihm stößt jemand die Kabinentür auf und wankt, ohne sich die Hände zu waschen, zur Tür raus.

Als der Gast den Raum verlassen hat, blickt der Mann erneut in den Spiegel. *Allen treu? Ich bin die Einzige!* Sein Gesicht zerspringt in all seine Einzelteile. Die Glasscherben schlittern über die quadratischen schwarzweißen Fliesen.

Seine Faust zittert unter dem Hahn. Im Waschbecken

färbt sich das Wasser rot. Mit der einen Hand versucht er, die andere unter Kontrolle zu bringen, bis das Wasser wieder klar wird.

Anschließend trocknet er sein Gesicht ab und streicht sich über den Dreitagebart. *Komm, trink doch noch einen. Und müde wirds dir in den Beinen. Deine Sicht wird schmal, deine Augenlider schwer. Oh nein, dein Körper will nicht mehr. Somit ist deine Entscheidung gefallen, mögen deine Schreie – ohne mich – in der Hölle hallen.*

—

Nach einigen weiteren Gläsern stürzen die beiden nach draußen ins Mondlicht.

»Ihr Mexikaner ... Ihr vertragt echt viel«, sagt Chris anerkennend und hängt sich torkelnd bei ihm ein.

»Ich hab' nicht mal halb so viel getrunken wie du.«

»Stimmt, siehst beim Trinken auch so aus, als hättest du ... *higs* ... nie das so getrunken, weißt du, wie so ein Baby.« Lauthals lacht er vor sich hin, danach verteilt sich sein Mageninhalt auf dem Gehweg. Im Mondlicht funkeln die Reste seines verspeisten Hotdogs. Chris taumelt weiter, dabei wird er unbewusst in die Gasse neben der Bar geleitet.

An einem Müllcontainer stützt er sich ab. »Ich brauch einen *Mome*–« An der dahinterliegenden Hauswand lässt er sich zu Boden gleiten und schlägt die Hände vor sein Gesicht. »Man, was hab' ich mir nur angetan?«

Eine summende Laterne hüllt die Häuserkluft orange-farben ein.

»Du solltest weniger trinken, Chris«, sagt der Mann plötzlich mit Mayas Stimme. »Das tut dir nicht gut.«

»Jaaa, eigentlich trink ich nicht so viel«, spricht er in seine Hände hinein.

»Das macht dich verletzbar – *wie ein Lamm unter Wölfen.*« Bei dem Vergleich wird die Stimme tiefer, zu der eines Mannes.

»Weißt du, was lustig ist? Ich hab' dir bis jetzt nicht meinen Namen genannt. Aber eben erwähntest du ihn.« Er knipst sich eine Zigarette an und stößt eine Rauchwolke in die Gasse. »Ich weiß aber etwas, das du nicht weißt. Vor diesem Restaurant traf ich zum ersten Mal meine Freundin – hier direkt neben der Bar.« Mit der Zigarette in der Hand zeigt er aus der Gasse hinaus. »Da vorne auf dem Gehweg hab' ich sie angesprochen. Genau da, wo meine Kotze liegt.«

»Du bist erbärmlich. Ich kann verstehen, warum sich deine Freundin nicht mehr bei dir meldet. Lädst Frauen zu dir ein, dort wo du eigentlich mit *ihr* Zeit verbringst, oder besuchst sie bei ihnen zu Hause. Wahrscheinlich sind sie verheiratet und haben Kinder. Bestimmt haben sie das.«

»Was?! Halt deine Fresse!« Chris erhebt sich vom Boden. »Sonst stopf ich sie dir.« Das Blut entweicht aus seinem Kopf und die Sicht verschwimmt. Im Schleier taucht unerwartet Maya vor ihm auf. »Da bist du ja. Wo warst du die ganze Zeit?« Beide blicken sich in die Augen, doch nur einer hält dem Blick stand. Chris weicht zurück an die Hauswand. Maya folgt ihm.

Nur einen Schritt entfernt von ihm bleibt sie stehen. Ihr süßlicher Körperduft vermischt sich mit dem Rauch in der Luft. Nervös zieht Chris an seiner Zigarette, dabei glimmt die Glut auf und ab. Maya hebt ihre Hand und zerdrückt die Glut mit bloßen Fingern.

Chris spuckt die Zigarette in die Gasse. »Ich wusste es. Du bist verrückt!« Er schwingt seine Fäuste vor seinem Gesicht umher, als würde er eine Fliege fangen wollen. »Die kaputten Bilder bei mir Zuhause, die Blutstropfen auf dem Holzboden – ich dachte, du hättest bloß deine Tage.« Rasch schmettert sie ihn gegen den Container. Eine schwarze Katze flitzt darunter hervor und verschwindet in den Schatten der Gasse.

Mayas Körper wächst in die Höhe, Krallen sprießen aus den Fingern und ihr Mund weitet sich zu einem gewaltigen Maul, dem reihenweise rasiermesserscharfe Zähne entspringen. Im Licht der Gasse wirft die Kreatur einen haushohen Schatten.

Chris verfolgt mit aufgerissenen Augen, wie sich die schwarze Klaue um seinen Hals schlingt. Seine Füße verlassen den Boden und ein Keuchen dringt aus seiner Kehle. Das schummrige Licht der Laterne fängt an zu flackern. *Ich war die Einzige! Bin die Einzige! Bleibe die Einzige!* Wie ein Stück Abfall lässt sie ihn wieder fallen.

Sein Puls pocht unter der Schädeldecke, als würde von

dort aus ein enormer Druck entweichen wollen. Zudem wirkt die Gasse enger als zuvor. Ein haushoher Schatten wandert an ihm vorbei, danach beobachtet er, wie Maya aus der Häuserkluft schreitet. Vor Aufregung würgt er sich den Rest seines Hotdogs auf den Pullover.

Akt III

Schwarzer Tag

7

13. April. 2024

– wenige Stunden zuvor –

Der schwarze Himmel schützt sie vor den Blicken Gottes. Unter ihr lassen die Krallen den vor Panik zappelnden Mann aufschreien. Letztendlich hebt sie ihn von seiner schweiß- und uringetränkten Matratze empor ins orangenfarbige Licht der Gasse. Dabei fällt die Wollmütze von seinem Kopf.

Eine Klaue holt aus und stößt in seinen Brustkorb hinein – die Knochen sind hörbar am Brechen. Die Klaue gräbt sich vor zu seinem noch pumpenden Herzen und reißt es aus der warmen Umgebung heraus an die kalte Luft. Die Augen des Mannes weiten sich, als könnte er schon das Licht erblicken. Anschließend klappt er wie eine leblose Marionette auf der Matratze zusammen. Aus dem Loch in seiner Brust fließt das Blut in Strömen ab.

Sein Herz pumpt fest umklammert in der schwarzen Klaue. Das Blut läuft zwischen den Krallen hindurch und tropft auf den Boden. Schließlich lässt sie es in ihr Maul träufeln und verschlingt das Herz in einem Happen.

Maya schießt in die Senkrechte. Ihr Mund sucht nach einem Eimer. Sie springt von ihrem Bett auf und eilt ins

Wohnzimmer. *Am Fenster − der Eimer für Papier.* Ihr Magensaft schießt dort hinein. *Zum Glück hab' ich mich für den ohne Gitterwandung entschieden.* Erschöpft lässt sie sich auf den Boden fallen.

Maya schaut sich im Wohnzimmer um. Ihre Gesichtsfarbe gleicht dem eines Kreidestücks. Das blonde Haar hängt tief in der roten Suppe, zudem zieht ein Krampf durch ihren Magen, als hätte sie Säure verschluckt. Aus dem Eimer strömt ihr der Geruch von Whisky entgegen, vermisch mit dem halb verdauten Rumpsteak von letzter Nacht. *Zu blutig. Das nächste Mal gibt es Schuhsohle.*

In ihrem Geiste tauchen Erinnerungsfetzen von der Bar, dem Barkeeper sowie Chris auf. *Ich bin ihnen allen treu,* wiederholt sie sein Gesagtes in Gedanken. Rasch breitet sich das ledrige Gewebe auf ihrer Haut aus − schneller als sonst. *Diese Bitches. Und ich bin eine davon!* Sie ballt ihre Hände zur Faust.

Bei den nachfolgenden Atemübungen, die ihr bloß das Gefühl geben, jeden Augenblick zu zerplatzen, fängt ihr Körper an, in die Höhe zu wachsen − alle Sinne schärfen sich. Während die Verwandlung voranschreitet, durchsucht sie ihre Zweizimmerwohnung nach Zigaretten. Dabei stößt ihr reptilienartiger Schädel ständig gegen die Decke. Ihr Blick bleibt letztendlich am eben benutzen Mülleimer kleben. *Die weggeworfene Zigarette. Ich hab' den Eimer bestimmt noch nicht entleert.*

Mit den Klauen wühlt sie zwischen altem Papier, ein

paar löchrigen Socken und ihrem Mageninhalt umher und fischt die halbfeuchte Zigarette heraus. *Gott sei Dank.* Schnell schnappt sie sich ein Feuerzeug und lässt mit ihren Klauen unbeholfen die Feuertraube über der Schutzhaube erscheinen. Gierig zieht sie den Rauch in ihre gefühlt doppelt so große Lunge, während die Glut zwischen ihren messerscharfen Zähnen glimmt. Die Verwandlung schwillt ab.

In ihrem Schlafzimmer zieht sie die Bettdecke weg und streicht prüfend über das Bettlaken. *Trocken.* Danach nimmt sie ihr Ersatz-Smartphone aus dem Nachtisch, da sie ihr reguläres seit zwei Wochen vermisst. *Ich hab' aber auch Pech.*

Im Anschluss besucht sie das Instagram-Profil von Chris. *Nehm ich mich selbst zu wichtig?* Abgekapselt von Raum und Zeit wischt sie durch seine Bilder und Reels. *Ich bin zwar nicht die Einzige. Aber wenigstens EINE.*

Sie schaltet zu den Reels im Explore-Tab und wischt die ersten drei weiter. Dann hält sie inne. Eine Nachrichtensprecherin blickt frontal in die Kamera: »Gestern Nacht ereignete sich eine grausame Tat, die heute ganz Los Angeles erschüttert. In einer abgelegenen Gasse wurde wie so oft ein Obdachloser attackiert, doch in diesem Fall verschwand etwas Überlebenswichtiges. Sein Herz! Bis jetzt gibt es noch keine Spur von dem Täter sowie dem Herzen des Opfers. Wegen der Brutalität und Kraftanstrengung, die bei solch einer Tat angewendet werden muss, sucht die Polizei nach einem männlichen Täter mit Tatwaffe. Psychische Probleme und Drogenkonsum können nicht ...« *Krank.* Sie wischt zwei Reels weiter.

Hier wird einem jungen Mann von seiner Freundin ein Video gezeigt, wie sie sich morgens im Bad schminkt. Sie lässt ihren Freund vor laufender Kamera dazu Kommentare abgeben, was sie da wohl gerade macht. Seine Inkompetenz in diesem Bereich lässt ihn kläglich scheitern und nur Mutmaßungen anstellen – zur Belustigung der Zuschauer. *Was für ein Scheiß!* Dazu liegt ein Lächeln auf ihren Lippen, das sie nicht unterdrücken kann.

Sie legt das Smartphone beiseite und zieht das Top von gestern Nacht aus. Mit ihren Fingern streift sie über die rotgesprenkelten Flecken. *Wo kommt denn jetzt die Tomatensoße her? Ich esse wie ein Schwein!* Sie wirft das Kleidungsstück auf den Stuhl, der bereits von Tops, einigen BHs und zwei Jeanshosen belagert wird.

Aus dem Schrank entnimmt sie das einzige noch dort hängende Kleidungsstück: ein weißes Sommerkleid mit rotem Blumenmuster. Vor dem Spiegel legt sie es an ihren Körper an. *Es ist Zeit, Schluss zu machen. Endgültig.*

8

13. April. 2024

– eine Stunde zuvor –

Im weiß-roten Sommerkleid steigt Maya aus ihrem Fahrzeug. Vor ihr liegt das Einfamilienhaus, in dem sie schon seit Monaten betrogen wird. In der Einfahrt parkt ein *Hyundai Accent. Wo auch sonst.*

Sie schreitet die Stufen zur Haustür hinauf. Die kühle Abendluft wickelt sich um ihre Waden. *Tock-Tock.* Einen Moment wartet sie ab, doch niemand macht auf. *Tock-Tock!* Auf der Innenfläche ihrer Hand betrachtet sie das mittlerweile zugewachsene Gewebe. Nur eine helle Erhebung bleibt auf ewig zurück. *Wenigstens bin ich jetzt vorsichtiger beim Gemüseschneiden. Die letzte Zeit war wie verhext.*

Im Glasfenster der Haustür nähert sich ein Schatten, daraufhin springt die Tür einen Spalt auf. Chris schielt über eine Sicherungskette hinweg. »M ... Maya, was machst du denn hier?«

»Wir müssen reden.«

»Geht das auch wann anders? Ich hab' –«

Sie stößt die Tür auf, dabei schleudert ihm die Kette ins Gesicht. »*Ah!*« Er stolpert rückwärts in den Flur, während Maya das Haus betritt.

Chris starrt auf die Tür. »Wie soll ich das erklären?«

Die Halterung der Sicherungskette wurde aus dem Holz gerissen. »Die Tür?!«

»Du musst mir gar nichts erklären.« Sie stellt sich vor die Haustür. »Keine Tür der Welt wird je deine Sünden – *das Verbrechen* – vor mir verbergen können.« Maya geht auf ihn zu. »Wo steckt *der Körper*, Chris? *Sie* befindet sich ganz bestimmt unter der Dusche und macht sich für dich schick.«

»Du bist doch irre!« Er eilt weiter ins Haus hinein.

In der Küche greift er panisch zum Messerhalter, dabei knallt ihm dieser auf den Boden. Verschiedenste Messer klirren über anthrazitfarbene Fliesen. Er schnappt sich das Hackmesser.

Maya betritt die Küche. »Wir können auch in Ruhe miteinander reden.« Beide umkreisen die Kochinsel.

»Das sagt grad *die* mit dem Messer in der Hand.«

»Du siehst Gespenster, Chris. Du bist der Einzige mit einem Messer in der Hand«, entgegnet sie ihm. »Übrigens mit einem sehr Großen. Leg es beiseite!«

»Hätt ich nur die Finger von dir gelassen – du Psycho!« Nachdem ihm das über die Lippen gerutscht ist, stößt er sich von der Kochinsel ab und spurtet aus der Küche hinaus.

Im Hausflur rutscht er ein Stück über das Parkett und knallt gegen die Wand. Jemand schneidet ihm von hinten ins Fleisch. »Fuck!« Er sprintet los, dabei richtet er seinen Blick auf die offenstehende Haustür. An der Decke trampelt ein Schatten über ihm hinweg wie eine wild gewordene Tarantel. Kurz vor der Tür springt Maya ihm in den Weg. Wieder schneidet sich etwas in sein Fleisch. Er weicht zurück, packt das neben ihm stehende Regal und schmettert es ihr in den Weg. Gläser und Teller stürzen zu Boden.

Danach sprintet er den Flur zurück, lässt diesmal die Küche an sich vorbeifliegen und rettet sich ins Badezimmer. Der Bolzen schiebt sich ins Schloss. *Klack.*

Vor der Tür hört er, wie sich das Regal anhebt und Gläser auf dem Parkett zerplatzen. Dann, wie Schritte auf den Scherben knirschen und sich nähern. Chris entfernt sich rückwärts von der Tür. Seine Hand verschließt den Mund, um einen Schrei zu unterdrücken. In der Stille hört er, wie sein eigenes Blut auf die Fliesen tropft.

Das Wachsen von Fleisch schmatzt vor der Tür. Das Brechen von Knochen knackt in den Ohren. Lange Krallen schneiden sich durch die Holztür wie eine Reihe scharfer Messer gleichzeitig. Aus seiner Kehle dringt ein Kreischen, so wie er es noch nie zuvor von sich gehört hat. Schließlich umschließt er das Hackmesser fester und schlägt dort auf die Tür ein, wo die Krallen das Holz durchbrechen. Ein bestialischer Schrei von außen lässt überraschenderweise Ruhe einkehren. Auf der hohen Klinge sprenkelt sich rotes Blut.

In der Stille fängt Chris wieder an zu atmen. Am Badfenster beobachtet er, wie dunkle Wolken den Himmel beherrschen. Blitze jagen durch die Atmosphäre. Die Lampen fangen an zu flackern. Um ihm herum zerbrechen die Spiegel in Scherben und die Glühbirnen zerplatzen im Raum. Die Kreatur bricht durch die zerfledderte Holztür und packt ihn am Hals.

9

13. April. 2024

– Zeitpunkt des Todes –

Vor dem Doppelbett bewegt sich ein Sneaker in der roten Suppe schnell auf und ab. Maya verreibt das Blut zwischen ihren Fingern. Für einen kurzen Augenblick lässt sich an ihrer linken Hand ein Stummel erkennen, dort, wo eigentlich der kleine Finger sein sollte. Durch die Vorhänge flackert ein Lichtblitz.

Unten aus dem Flur hört man, wie jemand knirschend durch die Scherben geht. »Hallo? Chris?« Eine Frauenstimme schallt einen Stock höher zu ihnen ins Schlafzimmer.

Wie ein Klumpen Fleisch hängt Chris an der Heizung. Die Hände wurden mit Kabelbinder an das Zuflussrohr gekettet. Sein Blut läuft aus jedem neu hinzugefügten Loch und verteilt sich auf dem Parkett. »Jetzt bist du dran, du ... du Monster!« Seine Lunge ist am Rasseln.

»Ich ... Ich war das nicht«, sagt Maya. Der Schall des Blitzes lässt sie zusammenzucken. Ihr rechtes Bein hält still – das Quietschen des Lattenrostes erlischt. Zwei Stöckelschuhe sind zu hören, wie sie die Treppe hinaufsteigen.

Chris schüttelt sich am ganzen Körper, als würden Minusgrade herrschen.

Maya legt ein Knie vor ihm in die Blutlache. »Warum ist dir nur so kalt? Mein Schatz. Soll ich dir die Heizung aufdrehen?« Sie stellt den Heizkörper auf die oberste Stufe, während seine Körperwärme über das Blut in das Parkett sickert.

Eine Frau mit Furchen und Falten betritt das Zimmer und weicht zum Türrahmen zurück. »Was ist hier los? Chris?!«, fragt sie mit spanischem Akzent. Ihre Stöckelschuhe treten in eine Blutspur. Der schwarze Rock und ihr karierter Blazer bestehen aus feinsten Stoffen.

Maya erhebt sich vom Boden. »Schön, Sie kennenzulernen. Frau *Bitch*. Wie lange läuft das schon zwischen euch beiden?«, fragt sie in gehässigem Ton.

»Wie bitte? Wir müssen einen Krankenwagen rufen. Er verblutet doch noch.«

»Wenn Sie das tun, mach ich auch mit *Ihnen* Schluss.«

Derweil entdeckt die Frau Mayas verstümmelten Finger, aus dem weiterhin das Blut tropft. »Was wollen Sie von mir?«

Maya stürmt auf sie zu. »Ich will wissen, warum ausgerechnet Sie? Warum nicht ich?! Ich ganz allein!« Sie schlägt auf die Frau ein.

»Wenn Sie glauben, dass ich was mit Chris hätte, dann täuschen Sie sich. Er arbeitet hier.« Die Frau stößt Maya von sich.

»Ganz sicher nicht bei *Ihnen* zu Hause. So einfach lass ich mich nicht verarschen.«

»Ich heiße Frau Santos, ich bin mit seinem Chef liiert.

Am Wochenende kommt er hier aushelfen.« Sie kratzt sich mit ihren langen Fingernägeln an der Stirn. »Wir haben momentan nicht viel zu tun, aber Chris will Geld für eine Wohnung beiseitelegen – so, wie ich das verstanden habe. Deswegen hilft er uns hier privat aus, macht den Garten und was noch so im Haus anfällt. Mein Mann hat genug mit der Firma zu tun.«

»Und was ist mit den Dingen, die er mir in der Bar offenbart hat? Er ist ein Stück Scheiße. Er betrügt uns, säuft sich einen rein und erzählt, dass er ihnen *allen* treu ist.«

»Saufen? Ich war seit dem Junggesellenabschied in keiner Bar mehr«, wirft Chris ein.

Maya krabbelt zu ihm rüber, als wäre sie die menschliche Verkörperung einer Schwarzen Witwe. »Halt still, mein Schatz. Streng dich nicht an. Im Himmel können wir von vorne beginnen, wenn du nur aufhörst zu frieren. Hör doch bitte auf zu frieren«, sagt sie, ohne dass man den Sinn ihrer Worte noch greifen kann.

Ein sprühendes Geräusch von der Seite lässt sie aufspringen. Ihre Augen fangen an zu brennen, gleichzeitig dringt der Geruch von scharfen Gewürzen in ihre Nase. Maya stürzt zurück, weg von Chris und taumelt durch das Zimmer. Zwei Hände mit langen Nägeln packen sie am Nacken und ringen sie zu Boden. Das Knallen von Knochen auf Parkett ist für sie nur noch dumpf wahrnehmbar.

Vor ihren feuchten Augen schießen Farbfetzen vorbei,

dabei fühlt sich das Gesicht an, als würden tausend kleine Rasierblätter über ihre Haut fahren. Schlagartig klärt sich die Sicht vom Pfefferspray, alle Sinne schärfen sich und ihre Hände wandeln sich zu Klauen, die den Angreifer von sich schleudern. Danach wächst ihr Körper bis zur Decke empor. Auf dem Boden registriert die Kreatur dieses kleine Wesen – das Lamm – das vor ihr wegkriecht.

Die Kreatur packt es mit ihren Klauen, lässt es bluten und aufschreien. Ein weiteres Wesen taucht im Türrahmen auf. Schwach gebaut, mit dickem Bauch steht es da, richtet ein Rohr von sich und spricht in fremden Zungen. Ein Schuss knallt. Die Kreatur schrumpft in die Form eines Menschen zurück.

Über Hände und Arme von Frau Santos ziehen sich tiefe Schnittwunden. Maya hält in ihrer rechten Hand ein Küchenmesser auf sie gerichtet zum Einstechen bereit – nur der entscheidende Stoß bleibt noch aus.

»Weg von meiner Frau, du kranke Göre!«, sagt der älterer Herr an der Tür. Sein graues Haar ist ordentlich nach hinten gekämmt. Weiterhin zielt er mit seiner Flinte auf Maya. *Meiner Frau?* Maya begutachtet das Messer in ihrer Hand, das sie bis jetzt nicht wahrgenommen hat – aber eindeutig eines von ihr Zuhause sein muss. Dann betrachtet sie Frau Santos am Boden, blutend und grunzend wie ein Schwein am Hinrichtungstag.

»Was zum Teufel ist hier los?!« Der ältere Herr kommt in das Zimmer und tritt Maya von seiner Frau runter.

»Hat schon wer die Polizei gerufen?« Er blickt zu Chris rüber. »Oder besser einen Krankenwagen? Verdammte Scheiße, bin ich hier im Irrenhaus?!«

»Dann müssen Sie *Herr* Santos sein? Chris sein Chef?«, stellt Maya fest und betrachtet weiterhin die Frau am Boden. *Die Frau seines Chefs!* Schließlich lässt sie das Messer fallen.

»Du bleibst schön liegen, bis die Polizei hier ist.« Mit der einen Hand presst er sich ein *iPhone* an die Wange, mit der anderen hält er die Flinte auf Maya gerichtet, als wäre sie ein wildes Tier. »Und ich verspreche dir, das wird nicht so ein Ding mit: Ich habe psychische Probleme und flüchte mich in eine Klapse, wo man mich schon nach wenigen Jahren wieder auf die Gesellschaft loslässt. Du weißt genau, was du getan hast.« Er lässt seinen Blick über das Blutbad streifen. »Meine wunderschöne Frau derart verunstaltet –« Seine Stimme bricht ab. Er blickt zu Chris. Wie ein aufgehängtes Schwein tropft er über seiner eigenen Blutpfütze aus. »Des Weiteren wird einer meiner Mitarbeiter gefoltert. In meinen heiligen vier Wänden! Das wird sich klären, Fräulein.«

Hinter ihr stöhnt Chris auf. »Man, ich war so nah dran.«

Maya schnappt sich heimlich das Messer und schleift sich zu ihm rüber. Dabei tropft das Blut aus dem Stummel an ihrer Hand und aus dem Loch an ihrer Schulter. »Was hab' ich dir nur angetan?« Mit dem Messer durchtrennt sie den Kabelbinder. Alles wirkt plötzlich so klar, als hätte sich der Schleier in ihrem Geiste gelegt.

»Den notwendigen Kredit hab' ich schon bekommen. Eine Wohnung am Stadtrand, so wie wir uns das ausgemalt haben«, erzählt Chris mit einem Lächeln, dabei flattern seine Augenlider. »Drei Zimmer. Eventuell eins für das Kind. Ich weiß, du möchtest keins – aber das kann sich ja noch ändern.« Seine Muskulatur erschlafft. Auf einmal wirkt er wie ein Jugendlicher, der sich versucht, im Schulunterricht wachzuhalten. »Davor war aber eines noch wichtiger. Etwas, das darüber entscheidet, ob es auch wirklich unser gemeinsamer Traum ist.«

Er kramt eine Schatulle aus seiner Jackentasche heraus und hebt den Deckel an. »Ich weiß. Leer. Lass niemals deinen Verlobungsring für den Menschen, den du über alles liebst, auf deinem Bett liegen, bevor du schlafen gehst – den findest du nie wieder.« Seine Mundwinkel wollen sich zu einem Lächeln erheben, doch vollenden nur eine Zuckung. Sein Zeigefinger lässt den Schatullendeckel zuschnappen.

Ein Knoten, der sich seit über einem Jahrzehnt verstrick hat, fängt an, sich zu lösen. Innerlich zerrt Maya an dem Knäuel, der auf ihrem Herzen liegt, bis er sich mit dem letzten Zug zu einer Schnur, zu einem roten Faden löst, der ihr die Richtung weist.

Anschließend begutachtet sie ihre rechte Hand und starrt auf die weiße Narbe, die auf ewig in der Innenfläche eingraviert bleiben wird. Es trifft sie noch mehr als der Schuss durch ihre Schulter oder der verlorene Finger.

»Ich glaube, dass ich den Ring letztens in deinem Auto auf dem Armaturenbrett gesehen habe – total blutverschmiert – als du hier vor dem Haus standest«, stellt Chris fest.

Vor ihren Augen taucht der Augenblick auf, in dem sie vor dem Haus in ihrem Fahrzeug saß, wartete und das Bild ihrer verstorbenen Mutter betrachtete. Dabei lief lautstark die Musik von Taylor Swift.

»Danach schrieb ich dir, rief dich an, aber dein Handy ist seitdem wie tot«, führt er fort. »Ich war auch bei dir zu Hause, doch die Fenster waren dunkel und niemand machte auf.«

Maya wird wieder zurück in ihr Fahrzeug geworfen. Diesmal aber bevor sie am Haus ankam. Sie greift nach der Zigarettenschachtel im Getränkehalter, nimmt aber stattdessen ihr Smartphone in die Hand und feuert es aus dem Fenster. *Ich will mich nicht mehr beruhigen!*, dachte sie sich eigentlich zu den Zigaretten.

»Aber du sagtest in der Bar –«

»Man, ich war, seit dem wir uns kennengelernt haben, in keiner Bar mehr. Wir waren noch nie zusammen in einer Bar. Warum auch? Du trinkst nicht mal Alkohol.«

Sirenen heulen in der Ferne.

Innerlich schleicht sich etwas ans Licht, das von ihr in die Dunkelheit gedrängt wurde. Wie sie bei Nacht die Bar aufsuchte, bestellte, sprach und lachte – alles nur mit sich selbst. Selbst der Barkeeper schenkte ihr keine Beachtung. Nur der verstorbene Aufseher von der Kukulcán-Pyramide schwirrte über Stunden in ihrem Geiste, dazu fielen Wasserperlen in ihren Drink.

»Und ... Die Gasse«, sagt Maya. Das Reel mit der Nachrichtensprecherin blitzt in ihrem Geiste auf. Aus ihrem Inneren steigt etwas auf, ein Gewebe, das dort normalerweise sein sollte – nur an einem anderen Ort – in einem anderen Menschen. *Ich wusste, da steckt noch was quer.* Auf dem Teppich in der Mitte des Raumes würgt sie das restliche Muskelgewebe aus – von einem Obdachlosen, der zur falschen Zeit, am falschen Ort sein Lager aufgeschlagen hat. »Ich hab' diese Leben ausgelöscht. Ich bin der Mörder meiner Mutter. Ich bin ein Monster!«

»Wovon redest du? Deine Eltern haben dich abgegeben, als du noch ein Kind warst.«

»Das war eine Lüge! Mein Vater hat mich verlassen, als ich noch ein Kind war. Aber meine Mutter ... Ich tötete sie in Mexiko in der Kukulcán-Pyramide. Das war damals kein Unglück.« Ihr Blick schweift ab. »Es war meine Schuld.«

»Warte mal. Du warst das Kind, das überlebt hat? Und du heißt Maya?« Überwältigt von dem Schmerz und der Kälte, die seinen Körper durchfahren, lacht er zur Decke hinauf. Währenddessen taucht in Maya etwas aus der Finsternis empor wie eine gigantische Luftblase aus den Tiefsten der Gewässer.

Unter ihr bricht der Boden auf. Der Jaguarthron sackt ab. Das Kreischen ihrer Mutter wird vom Klappern der Gesteinsbrocken überdeckt. Einen Wimpernschlag später blickt sie mit ihren aufgerissenen Augen in einen dunklen Hohlraum. Schmerzen ziehen durch ihren Körper. Auf dem Boden flackert die Taschenlampe des Aufsehers.

Leah nimmt die Lampe auf und leuchtet mit magerem Lichtkegel in der Höhle umher. Seltsame Skulpturen, Glyphen und Keramikscherben funkeln im aufgewirbelten Staub. Zwischen den vielen Trümmern liegt ein Körper. Die blonden Haare ihrer Mutter sind rot verklebt, die Haut zerschrammt und aus ihrem Gesicht, von dem sie nur noch leblos angestiert wird, gluckert rotes Blut. Vor Schreck fällt ihr die Taschenlampe aus der Hand. Auf dem Gestein zerspringt die letzte Lichtquelle in all ihre Einzelteile. Zurück bleibt die Finsternis bis zum Tag ihrer Rettung.

»*Leah.*« Maya schielt auf ihre blutverklebten Hände. »Sie wollte nur geliebt werden. Aber als auch ihre Mutter sie verließ, erlosch das letzte warme Gefühl in ihrer Brust. Seitdem nannte sie sich Maya, um ihre Schuld daran nie zu vergessen.« Sie blickt ihm in die Augen. »Als du dann kamst, sprang ein Funke auf und entzündete mich von innen. Es ließ mich nach langer Zeit wieder diese Wärme verspüren. Ich durfte dich nicht verlieren.«

»*Das hättest du nicht*«, flüstert er. Aus seiner Hand fällt

83

die leere Schatulle. Seine Lippen bleichen aus.

»Chris?« Sanft legt sie die Hand auf seine Wange und verspürt nur noch Kälte. »Verlass mich nicht.« Sein Kopf sackt ab. »Lass mich nicht allein!« Für einen Moment der Unendlichkeit herrscht Stille.

Damit hab' ich zerstört, was ich auf keinen Fall verlieren wollte. Meine größte Angst wurde wahr: die Angst, dich zu verlieren. Nach dieser ehrlichen Einsicht wirft sie die ersten Tränen wie Ballast von sich ab. Danach hebt sie seinen leblosen Kopf an und gibt ihm einen letzten Kuss, während Blaulicht durch die Vorhänge flimmert.

Mehrere Stiefel trampeln eilig die Treppe hoch. Zu fünft verteilt sich eine Spezialeinheit im Schlafzimmer. Vollautomatische Gewehre zielen auf Mayas Rücken. Erst als sie ihre Lippen von Chris seinen löst und nur noch ein Speichelfaden die beiden verbindet, hebt sie ihre Hände nach oben. Sofort wird sie unter den Achseln gepackt und grob auf die Beine gestellt. Erst jetzt bemerkt sie, dass Frau Santos aus dem Zimmer gekrochen ist.

Einer von der Einheit fühlt Chris am Handgelenk. »Tot. Bringt sie nach unten.«

In enger Begleitung von der Einheit wird Maya aus dem Schlafzimmer geführt. Dabei registriert sie ihre noch ungefesselten Hände. Ihre Sinne schärfen sich – doch die Verwandlung bleibt aus. *Verdammt!*

Unten an der Treppe erblickt sie Frau und Herr Santos. Beide kauern auf den Knien, dazu wurden ihre Hände hinter dem Rücken in Handschellen gelegt.

»Uns wurde mitgeteilt, dass an dieser Adresse jemand gegen seinen Willen gefangen gehalten wird. Bitte bestätigen Sie mir, dass Sie und Ihr Freund von diesem Pärchen als Geisel genommen wurden«, fordert der Leiter der Spezialeinheit.

Maya betrachtet die Frau und den Mann, wie sie auf dem Boden knien und nach Gehör flehen. Sie nickt stumm. Frau Santos heult auf.

»Wurdet ihr auch von diesem Pärchen gefoltert, misshandelt oder Ähnliches?« Ein weiteres Nicken. Die Augenbrauen von Herrn Santos ziehen sich derart weit zusammen, dass man glauben könnte, er hätte nur eine.

Nachdem ihre Personalien in ausreichendem Abstand zu den beiden Tatverdächtigen aufgenommen wurden, gibt der Leiter der Spezialeinheit seinen Kollegen ein Handzeichen, woraufhin Maya nach draußen begleitet wird.

Blaue und rote Farben flackern durch die Nacht. Vor dem Haus verteilen sich etliche Polizeifahrzeuge und Krankenwagen. Darüber hinaus linsen die Nachbarn im Schlafanzug durch die Hecken. Umgehend wird Maya von der Einheit zu einem Krankenwagen geführt.

»Die Psychopathen da drin haben ihr den kleinen Finger abgetrennt«, berichtet einer von ihnen den Sanitätern. »Darüber hinaus weist ihre Schulter eine Schussverletzung auf.« Er wendet sich zu Maya. »Wir sind hier fertig. Von nun an werden Sie von den Sanitätern in Obhut genommen. Alles Weitere klärt sich bei Ihrer Zeugenaussage.«

Hinten im Krankenwagen setzt sich Maya mit schmalen Augen vom grellen Licht auf die Liege. *Ich ... Ich war das wirklich nicht. Es war ein Unglück.* Schlagartig setzen bei ihr die Schmerzen ein. Sofort desinfiziert ein Sanitäter die Wunden und drückt die offenen Stellen ab.

»Nah, stressige Nacht?«, fragt der Sanitäter und begutachtet die Schussverletzung.

»Ein glatter Durchschuss.« Er lächelt ihr beiläufig zu. »Wenn wir den Finger noch finden, wirst du wieder ganz die Alte sein ... Und selbst wenn nicht, wirst du mit den übrigen Fingern noch problemlos ein Glas oder eine Tasse halten können.«

»Perfekt! Dann können wir ja mal zusammen einen Kaffee trinken gehen«, wirft Maya spontan ein. Sie betrachtet den Sanitäter und wickelt verspielt eine blonde Strähne um ihren Finger.

Seine Augenbrauen wandern eine Etage höher, dann blickt er in Mayas blaue Augen. »Warum nicht?«

»Schön, dass du hier warst«,
sagt Liam Waker.

Mehr Unterhaltung

Website – liamwaker.com

Sammlung: alle Bücher und E-Books

Buchplan: Was steht an? Was kommt wann?

Instagram – liam.waker

Neuigkeiten: rund um alle Projekte

Triggerwarnung

Beim Lesen des Romans kann es vorkommen, dass die folgenden Elemente ein traumatisches Erlebnis bei Ihnen reaktivieren. (Spoiler!)

Tod und Trauer (Verlust eines geliebten Menschen – auch in Zusammenhang mit einem Unglück)

Psychische Erkrankungen (posttraumatische Belastungsstörung / mittelschwere depressive Symptome)

Sucht (regelmäßiger Konsum von Tabakerzeugnissen / einmaliger exzessiver Alkoholkonsum)

Blut (Beschreibungen von menschlichem Blut)

Gewalt (enorme körperliche Gewalt / Verstümmelung eines Körperteils / Selbstverletzendes Verhalten)

Folter (Beraubung der Freiheit)

Telefonseelsorge: 0 800 – 111 0 111
(rund um die Uhr ǀ deutschlandweit ǀ kostenfrei)

– die übrigen Seiten wurden absichtlich freigelassen –